KB089471

매화

멈춰선 당신을 끌어올리며
손가락 마디마다
푸른 멍이 든다

내 파란 눈에 햇살을 드리우고
깨우려는 당신이 얄밉다
문고리는 열리고
아이들은 환하게 문밖에서 놀고 있다

나는 웃고
그대는 울고 있다

물 속의 혀

물 속의 혀

ⓒ정명순, 2022

1판 1쇄 인쇄__2022년 09월 05일
1판 1쇄 발행__2022년 09월 20일

지은이__정명순
펴낸이__양정섭

펴낸곳__예서
　　　등록__제2019-000020호

제작·공급__경진출판
　　　사업장주소__서울특별시 금천구 시흥대로 57길 17(시흥동) 영광빌딩 203호
　　　전화__070-7550-7776　팩스__02-806-7282
　　　홈페이지__http://https://mykyungjin.tistory.com
　　　이메일__mykyungjin@daum.net

값　10,000원
ISBN　979-11-91938-21-0　03810

예서의시 021

물 속의 혀

정명순 시집

차례

매화

제1부

제2부

제3부

제4부

제5부

제1부

감자꽃

제멋대로 생겨서 바람이었는지
가만가만 흙 속을 흔들어
싹을 품은 일도
네 일이었는지
알 길은 없지만

네 몸에 두 손을 꽂고 잠들어 있는 밤을 발기하는 하얀 어
둠을 키워내는 중이라

아래로 아래로 좁은 공간 속의 발가락들
달리고 달려도 어둠의 장벽은 그대로

밖엔
제멋대로 생겨서 바람이었고
싹을 품은 일도, 꽃을 피운 일도 바람이었다고
하얀 이빨 드러내는
감자꽃

꽃집

아래층에 꽃집이 들어왔네
꽃집 아가씨는 프리지아 가슴 가득 피어 있었네

호랑나비 알주머니
살짝 밀려고 할 때 코끝을 맞았네

아래로 스미는 햇살을 조몰락조몰락
머무는 바람과 사랑을 나누고 있는 중이라

내 마음은 떨리고 휘어지는 일이었네
......

꽃을 피웠네

허수아비

산등성 맑은 햇살이 제 등허리 드러내며 내려올 때
너는 화장을 한다지
바위에 이끼들은 눈부시게 반짝이는데

들판이 몰래 물들어갈 때
너는 휘이휘이 노래 부르며 그들을 지켰다지
살랑대는 가을바람을 일으켜 춤을 췄다지

너를 들판의 아들딸이라 불러보고
내 탓도 아니고
네 탓도 아닌
허공의 배다른 자식이라고 불렀다지

너의 향기가 뭉클하게 생각나는 어느 날
허공 같은 가슴을 움켜쥐고
하루 종일 제 그림자를 끌어당겼다 풀어 놓았다지

작은 풀꽃

겨우내 진통하다
이제 양수가 터진다
할매
애야, 꽃 받아라……
꿈 없어도
꿈속에서

오월의 독백

아침이 너무 맑아요
커피 한 잔 주세요
장미가 있는 커피요
입술이 그려지네요
빨갛다고요?
장미 속에 입술이요
사월과 유월 사이
당신은 돌아앉아 시를 썼다
사월도 아니고
유월도 아닌데
당신 앞에 커피 한 잔

하얗게 피어나는 밤

하얀 어둠이 이렇게 하얗게 피어나다니

그녀의 고쟁이가 부풀어오르는데
그놈의 손 고쟁이 속으로
쓰으윽 펄럭거리다
하얀 꽃을 피우더라

그놈이 고쟁이 속에 발이 들락날락 하더니만
고쟁이는 침대 밑으로 꺼지고
그놈이 죽었다 아니 그 속에 살고 있다

고쟁이 속에는 나의 애인이 산다

하얀 어둠이 이렇게
하얗게 피어나다니

넋두리

고요한 밤
적막한 달 하나
눈물 젖은 그림자 한 점
그대일까
나일까
잔잔한 바람이 훔쳐가는
눈물 한 점
그대이길 바라는 나이려나 보다
밤하늘 위 그대를 하염없이 바라만 본다
아무리 바라보아도
아무도 바라보지 않는
새벽 한 시

집을 나갔다가
집을 돌아보지 않던
더 돌아보지 못하고 돌아서던
넋 놓던

병원 앞

한 여름에 병원 앞에서
커피 한 잔 들고 나오는데
허공에서 참새 한 마리
내 발 아래
툭…
떨어져 죽는 것은
허공이 병들어 있기 때문이다

허공이 무너졌기 때문이다
내 몸의 피가 말랐기 때문이다
신과 함께
새벽이슬 밟을 때도 있었기 때문이다
끝까지 가보고 싶은 마음도 있었기 때문이다
끝까지

몫

거울 안 내 좁은 어깨 너머로 무거웠던 기억들이
지친 얼굴 위로 뭉그러져 있다

만삭의 밤은 홍수처럼 번지는데

거리에 꿈틀거리는
외로움과 그리움의 등은 싸늘하기만 하다

외로움도
그리움도
시도
내 몫

속눈썹의 무게만큼 그들을 삼키고
헐거워진 눈알이 핼쑥한 새벽

어머니의 눈물

굽은 등을 눕히고
어머니의 눈동자 속으로 사르르 걸어 들어간다
손가락으로 모래성을 쌓기도 하고
첨벙대는 파도를 타기도 하고
그 안에 집을 짓고 살기도 하였다

한때는 파도에 쓸려 사라지기도 하는데
그곳
소금기와 비릿한 냄새는
자궁속의 비릿함과 같아 잊지 못하고 있다
힘들고 고단함을 달래주시던
어머니의 바다가 있다

어머니의 눈은 빨갛게 물들어간다
어머니의 눈물은 더 이상 뜨겁지 않다

보랏빛 입술 자국

내 몸은 언제나 당신을 기억해
부풀어오른 몸은 누워서 당신을 기다리지

짤랑대는 시간을 담은 쟁반이 울리면

당신은 긴 허리끈을 차고
내 품으로 들어오곤 해
난 당신이 올 때마다 붉은 헌혈을 하지

보랏빛 입술 자국이
당신을 증명했지

카네이션

기분 좋아 술 한 잔하고
꽃집을 지나다
꽃이 그득한 화분을 들고
내 가슴속에 피어 있는 카네이션이구나
들어오는 당신

도란도란 만났다 가는 길
사랑하며 배웅하듯 살아요

파도가 넘쳐 눈물로 흐르고
20년 전 암이라고 할 때 머리 풀고
혼줄 나간 그녀처럼
작은 것에 메마른 정서가 후두둑 젖는다

가슴 언저리에 피어 있는 카네이션

고독한 그날

양귀비 독을 먹은 얼굴로
마스크 팩을 덮고 거울 앞에 서 있다

내가 거울을 보는 게 아니라
거울이 나를 물끄러미 쳐다보는 야릇한 느낌
너는 바보야 하는 소리가 들린다

좌판 위 과일들을 고르기 위해
꾹꾹 눌러 보는 이들
그를 기어코 상처내고 만다
그래서일까
특별한 일이 없는데 이리 힘없는 날도 있다
그때그때 의미도 흔적도 없이
어딘가의 쓰레기통에 갇히겠지

내 두 손은 그 날을 기억한다
그날의 뒤끝
다시 거울 앞에 서서 불러본다
너는 누구냐
너는 누구냐

투명한 꽃잎들

매화꽃 흩날리는 날에
할매들 마을회관으로 들어온다

공주 할매 100원짜리 화투 칠까
강원 할매 돈 따서 막걸리 먹자……
넷이서 화투를 치기 시작했다
정선 할매 계산도 못하나 4점인데 왜 5점이래 하며 싸운다

다른 두 할매는 분을 꼭꼭 눌러 바르며
아랫집 할배가 공원에서 보자고 하더라
할배가 나를 사랑하나
툴툴대고 수다 떨고 있을 때

문은 열리고 아무도 없네 하는
젊은이

이상한 날

작고 좁은 술집에서 곤드레만드레 술을 마시고
친구가 데려다줬다
돌아서서 걷다
와장창 개구리 뻗듯 넘어졌다
본 사람은 친구뿐······
비틀비틀 도어록 만진다
삐 삐 삐 울기만 한다
네가 울면 내 마음 아프지

문은 열리고
거울 앞에선
입안에 혀가 빨갛다
내가 정말 내가 아닐 때도 있다
내 안의 나는 누굴까
이런 날은
종아리 다 내놓고 회초리 한 대 맞고 싶다
한 대 더!

풀꽃

어느 날 천둥 번개에 상처 난 나무가
비명의 시간도 없이
무거운 삶의 겨울이 바람 불듯 찾아드는
냉기를
등으로 안으며 슬쩍슬쩍 찬 마룻바닥에 햇살이 따라와
내 등 바깥에 서 있다

어디서 왔을까

자연의 이마에서 날아와 상처 난 환부에 앉는다
벽과 지붕이 없고 문 없는 가슴에
체온이 오르고
네 살결에 환한 햇살 같은 꽃이 이마에 곱게 쌓인다

작은 풀꽃
햇살 한 동이 이고 내 가슴으로 들어온다
두 손으로 받쳐 든 풀꽃 같은 내 가슴
또 이 맨가슴에 닿던 천둥 번개 같던 시 한 줄

제2부

대못 하나

난 당신에게 하지 못한 말이 남아 있어
목에 대못이 박혀 있다
콜록거릴 때마다
목이 걸린다

손가락은 자꾸 글을 쓰는데
걸린 못은 나올 줄 몰라
눈동자만 껌뻑거린다

대가리는 바다 속에서 흔들거리다
컥컥컥 대다 뱉어낸 것
사랑해

당신은 돛 없는 종이배에 대못 하나 세우고
창을 활짝 열며
저 붉은 등대를 향해 단번에 후르르 달려갔다
바다가 흔들린다
내 온몸이 저릿저릿 흔들린다

시간의 바깥

다용도실에 검은 비닐봉지 속에서 감자 몇 알이 살고 있었다
봉지를 열어보니 시꺼먼 숲이 들어 있었다

햇살이 들어 닥치니 눈이 부신지 반짝거리더니 고개를 비
튼다
빛이 들어오니 커튼 치라는 할머니 같았다
쪼글쪼글한 할머니 얼굴을 꼭 닮았다

주먹만 하던 것이 달걀만한 씨감자는
다른 이를 만났는지 꽃대는 검은빛으로 물들어 있었다

남자와 여자는 시간의 바깥에 살고 있다

옷을 입는 빨랫줄

오늘은 무슨 옷을 입을까

바삭 마른 나는 바지랑대에 꿰어 있다
청바지와 흰 남방들이 내 몸에 널린다
바싹 마른 등짝이 젖으며 젖으면서 통통하게 살이 오른다
얼굴엔 환한 아카시아 꽃이 핀다
입은 옷은 널찍하게 땅 그림자로 들어온다
날아가던 새 한 마리 내 몸에 앉아
젖은 내 몸을 꾸우꾹 짜서
오묘한 맛을 느끼는 새
헐렁한 기억을 곱씹으며
널찍한 땅 그림자 알로
홀로 벌판이 풍성하게 버무린다

이런 것도 만남과 헤어짐이라고 할 수 있을까

바지랑대

봄을 깨우긴 이른가요

아직 파란 바람이 있다고 하네요

내 몸은 봄이라고 말해요

눈 부비고 망초 대 비틀어 푸른 대를 끌어올리고요

머리카락 하나하나 빨랫줄에 걸듯

비를 걸어 꽃이 가득 열리네요

벌새가 나를 따라 들어오네요

내가 향기를 뿌렸나 봐요

바지랑대가 웃어요

푸른 빨랫줄에 하얀 꽃들이 눌러 앉아 옹알거려요

하얀 꽃 붉은 꽃들이 서로 마주보고 바보같이

키득 키득 웃고

바지랑대는 까치발을 들고 있네요

내 몸에도 봄바람이 들어올 때가 있는가 봐요

내 몸이 열릴 때도 있는가 봐요

옥수수

키다리라고 불러
그 몸에 또 길쭉한 집 하나 짓는다
내가 입고 있는 옷이
헐렁하다
햇살이 모래시계를 뒤집어놓고
모래가 위에서 아래로 내려오듯
이빨이 하나씩 아래서부터 차오른다
햇살이 더듬더듬 더듬는 곳마다
이빨이 돋고
헐렁하던 옷이 맞아지고
너와 나 사이에 더 많은 사랑이 환한 어둠을 건너야만
온전한 너를 짜낼 수 있기에
더 두꺼운 옷을 껴입다
바람이 불자
더듬이가 익어 갈색 모자를 쓰면
푸른 들판 홀로 익어
갈색 띠를 두른다
오늘 하루라도 네 이마에 내 이마를 대본다

웃음을 물고 간 새

양쪽으로 무성하게 자란 나무들이 낸 길
그 길이 울퉁불퉁 돌멩이들이 제멋대로 박혀 있는 길을 산
책하다
그 길 뒤를 나는 한참을 보며
구불구불한 저 길은
내게 오는 길인가
내가 올 길인가

헛헛한 웃음만 나오는데
날아오던 새 한 마리가 웃음을 물고 간다
며칠 후 그 산책길을 걷는데
옆에서 툭툭 누가 나를 친다
돌아보니 들꽃들이 나를 따라오는 것이다

새 한 마리 까르르 까르르 날아간다
저 길과 나의 길이 굳이 따로 있겠는가
저 새의 웃음과 나의 웃음이 따로 있겠는가

보리밭을 흔드는 바람

툇마루의 잠자는 아이 얼굴 위에 파리 한 마리
알짱거린다

엄마는 파리채로 휙휙
휘두르는데
청보리 밭의 살들이 흔들린다
너는 얼마나 화가 났기에
온몸 곳곳에 가시가 솟아 나왔을까
태풍이 잠시 발을 담그고 갔기 때문이다

엄마는 청보리 밭에 손가락을 잘라 심었다
달빛 아래
청보리 밭은 숨어 우는 듯 하늘거린다
엄마의 손에서 건초 냄새가 난다

부표

눈금이 새겨진 컵에
바닷물을 채우면 하늘 꼭짓점까지 도달하려 한다

내 눈물 속에 잠겨 있는 빈 방은 부표가 잠겨 있다

눈금이 없는 젖무덤에는
우유를 짜내면 넘쳐날 때가 과반수다
부표는 아직도 나를 넘어뜨리고 일으켜 세우는 시간이 있
다는 건

내 어머니가 부표에 살고 있기 때문이다

가시, 가시

상처가 질편한 녹슨 담장 밑
이 악물고 묻혀 있던 가시들이
가시를 품고 일어선다
붉은 얼굴들이 흰 담장으로 막무가내 뛰어든다
그들이 담장 너머로 고개 떨구고
동그랗게 입을 모으는 것은
상처를 안지 않는 가슴은
꽃을 피울 수 없다는 이유를
알고 있기 때문이다
담장 밑에 장미가 붉게 지나간다
나도 가슴께 상처 난 자국이 남아 있다
고개 떨굴 때마다
움켜쥐었던 가시 같은 자국

이 하나의 고요

그림자 하나가 나를 지키는
이 고요
어딘가 입김 하나 내뱉는 바람결에도 나는 느꼈다
눈 밑에 늘어진
이 고요
주름이 접히고 펴지는
그 중 한 결 바람이 구름을 끌고 가는
이 느낌
풍요롭던 어머니 품에서 분리되는 싸늘함이
칼날처럼 스치는
이 고요

그림자 하나
간신히 나를 지키는 이 고요가 나를 일으킨다
고요함마저 다 부려놓은
이 느낌
이 느낌마저 다 부려놓은
이 고요

가을 산행

산을 얼마쯤 올랐을까
귀밑에서 목덜미까지 흐르는 땀을 훔치며
고개를 젖히고 단풍을 보고 있다

반짝반짝 수많은 입들이 웃고 있는 것을 난 보았다
나도 어느새 웃고 있더라
입을 헤헤 벌리고

반쯤은 내 입술을 닮았는지 붉다
저기 저 입 좀 봐라
노란 궁둥이를 까고 살랑거린다
누구 하나 유혹하려고
서둘러 단풍 들게 하는
그 남자들은 허리춤이 비틀거린다

소란스러운 봄

새벽부터 툭탁 툭탁 터지는 소리와 구수한 밥물 냄새에 코
끝을 흐리는데

웃음소리에 귀는 터지고
구릉 위의 환한 봄
나무 위 꽃띠가 둘러지는 봄날의 땅 끝으로 흘러들어간다

장작불에 밥 짓는 봄은
골짜기에 쌓였던 그을음 낀 벽을 넘어 그들 안으로 섞이고
잘 뜸 들인 꽃송이같이
어머니는 고봉밥을 퍼 날랐다

사랑이든 삶이든
슬픔이든 기쁨이든
새벽부터 봄 아닌 것이 없었다
넋 놓고 앉아
조금 더 먼 곳 바라보아도 봄 아닌 것이 없었다

검은 고양이

환한 어둠이 밀려드는 상가 골목
쓰레기 더미에 고양이가 킁킁 오른손으로 노랑 비밀봉지를
낚아챘다

봉지 내부에 쏟아지는 성난 오물들
쿨렁쿨렁 구부러진 길 따라 흐른다
흐르는 붉은 것을 내려다보다가 뼈다귀 끝을 핥다

얼굴 전체를 핥는 고양이
온몸을 엿가락 늘리듯 쭈욱 펴고는
상가 골목 손수레 끌고 가는 늙은 남자와
골목을 빠져 나간다
아주 긴 그림자를 끌고 빠져 나간다

쓸쓸함을 말하다

저수지를 걷는다
렌즈가 초점이 맞은 것처럼
확 눈앞에 당겨지는 것이 있다
해질 무렵
저수지 언저리 축축한 돌멩이 위 긴 다리로 버티고 서 있는
두루미는
깊은 생각이 머물렀다 지나가는
쓸쓸함이 묻어난다
나도 어느 날 상수리나무 그늘 아래 앉아
도토리 하나 콱 깨물어 보니 떨떠름하고 씁쓸한 이 맛이
그 맛일까
그런 씁쓸함이 이런 것일까
산그늘 내려 않는
축축한 돌멩이 속
두루미 긴 다리가 노을 속에 젖어드는 저녁
해 질 녘보다
더 씁쓸한 것도 이런 것일까

절구통

시골집 구석탱이에 밀쳐 있는 절구통입니다
무엇이든 주면 나의 몫이었습니다
얼마 전까지만 해도 내가 없으면 안 되는 줄만 알았습니다
그들은 나를 사랑했습니다

동네 사람들이 빨래 두들기듯
나 또한 무수히 쥐어 박히며 살았습니다
비바람이 스치면
내 몸에 살점이 패이고 또 패였습니다
이젠 눈물조차 담지 않습니다
늙으면 눈물도 빈 눈물만 흐릅니다
빈 눈물이라도 흘렀으면 좋으련만
주섬주섬 챙겨서 떠나는 당신은 초췌하기만 합니다
나는 작은 동공 속에 당신을 담았습니다
내 눈 안에서 당신은 눈물이 되었습니다

너를 몰라서

한 발 미끄러져 내려다본 바다
아른거리는 내 모습

저 깊은 속을 다 알 수 있다면
나의 속내를 다 알고 있다고 하는 물빛에 대하여
미안한 마음

난 너를 몰라서
너에게 한 걸음 다가가고
끝도 없는 질문 하나 옹알이하듯
서투른 언어들이 풍당 풍당 너의 중심으로 뛰어든다

중심으로 뛰어든 투명한 언어가
이젠 알 수 있을까
그 속내를 비친 물빛은 어떤 것일까
속이 다 뵈는 네 물빛은 뭘까
내 속을 다 풀어헤친 너는 또 뭘까

3부

솜사탕

오빠집 앞마당에 앉아 책을 보다
하늘을 쳐다보니

회색빛 구름들이 따라 붙고 있다
벌통에서 벌들도 떼를 지어 따라간다
바람은 떠밀고 간다
나도 떠밀려 따라간다

아카시아는 솜사탕 속을 넘겨보고
솜사탕 아저씨 솜사탕을 열심히 말고 있는데
우르르 떼 지어 솜사탕
안으로 버무린다
어느새 지상에서 잊어먹었던 저 뭉클함

물수제비

햇살 낱알이 떠도는 저수지에서 작고 납작한
돌멩이 들고 물수제비를 뜬다
타닥타닥 떨어질 때마다
동그라미에 동그라미를 넣고 우산을 쓰기도 한다
물수제비가 살갗에
타닥타닥 내리치는 것은
물고기들의 한 끼 식사가 되기도 한다
돌멩이 울음이 터질 때
반짝거리는 물방울 속 햇 방울이 풀풀 날아가는데
원망과 슬픔과 분노를
물수제비에 담아 던지고
지나가던 황새가 물수제비를 물고 날아간다

누가 저런 풍경을 놓치지 않고 품을 수 있을까
누가 저런 풍경을 가슴에 내려놓을 수 있을까
누가 제 가슴에 비수를 던질 수 있을까

차나무의 차 잎들

보성 녹차 밭을 지나다
푸른 바닷물이 잔잔하게 하늘 빛 따라 일렁이고 있는지라

그녀가 어린 녹차 잎을 끓이다가
마르고 비틀어진 어린녹차 잎들이 연잎 눕듯
입 안 가득 달큰한 향기 모으고 있는지라

차나무에 차 잎이 속살까지 젖어들 때
색은 더해 가고

나는 차 잎의 푸르름을 탐해야 하겠네
오늘밤 처용의 탈을 쓰고 네 몸을 탐해야 하겠네
하룻밤 혼자 새우고 싶은 날도 있는지라

칩거에 든 가을

창밖 은행나무에
황금 꽃이 피어 있다
싸늘한 바람은 이리 저리로 손가락을 잡아당기며
길바닥도 네 발자국 찍어 놓고

거머쥐었던 손가락을
뚝뚝 잘라내고는
울컥 쏟아내는 파도의 눈물
바람은 안다

벗은 몸으로 그날을 기다리는지 모르지만
업고 안고 가던
그들을 심어놓고
푸른 속살 같은 그날을 위하여
그대 침묵이 또한 길어지고 등허리 드러내며
사라지는 것과 남아 있는 것이
서로 감싸 안고 도는 것은

청각에서
시각에 머무는 것이다

붉은 대추 하나

황금 들녘이 떡집에 모여 있습니다
송편 속으로 들어갑니다
엉켜진 벌통 같습니다
누가 나를 살까 궁금해
부잣집, 아이가 많은 집 노부부 아님 해산달
이런 고민하는 새 나는 팔려갑니다
그래도 행복해 보입니다
마트에도 왁자지껄 도로는 시끌벅적하고
바로 이것이 명절인 듯 합니다
도로는 줄 세워놓은 학교 마당 같습니다
얼마만큼 갔을까
볼때기 살이 땅바닥을 쓸려고 허둥댑니다
눈 밑은 발꿈치 각질 펴지듯 그림자 드리웁니다
자동차는 술에 취한 듯 갈지자를 그립니다
옆에선 소름 돋을 소리가 납니다
고향 길 끝자락 잡고
엄마가 꼭 주시는 붉은 대추 하나
'이것 먹으면 늙지 않는다'
말 하시며 주는 붉은 대추 하나가 그리운 명절

독

솟아 오른 그녀의 둥근 배가 항아리를 닮았다
난 살그머니 그녀의 배에 귀를 대어본다
빗소리가 토닥토닥 떨어지고 튀어오르는 소리
발차기를 하는지 이쪽 쿡 저쪽 쿡
다음 날 고요한 새벽

그 여인의 몸에서 술을 빚는 엄니가
술지게미에 취한 시큼 달큼한 내음으로 비틀거리며 걸어
나온다

비가 그치며 안개가 촉촉하게 스며 있는 그날
아버지는 소 한 마리 끌고 와 앞마당에 메어놓고
탁배기 한 잔의 구름떼 일듯 소 털 흩날리고

복사꽃 햇살 지분대는 그날
꽃잎은 어지럽게 떨어지는데
꽃잎에 덮인 항아리에서
아버지는 복사꽃으로 자꾸 피어 웃으신다

봄을 기다리는 조각보

보자기로 폭 싸서 키워낸 봄이 왔습니다
나무에 꽃이 피어납니다
잎이 무성하게 숲을 만듭니다
숲엔 온갖 잡화상이 들어섭니다
살기 좋은 지상 낙원이 되었습니다
잎이 푸석해지고 알몸이 드러납니다
잡화상들이 이사를 갑니다
붉은 눈물이 시위를 합니다
줄기마다 근육이 빼곡하던 그들은
근육이 빠지고 쭈그러듭니다
마르고 푸석해진 그들이 안타깝기만 합니다
난 그들을 위해
습하고 따뜻한 바람을 심고 퇴비를 주고
그런 자양분으로 푸석해진
그들의 몸과 마음을 한 줄 한 줄 깁고 있습니다

하늘의 뜻이 땅에서도 이루어지고
땅도 하늘의 뜻을 알고 있습니다
천지신명의 변함없는 울력일 것 같습니다
이런 날은 해쑥이라도 뜯고 싶습니다

비틀거리는 잠꼬대

헬스장에 들어선다
헬스장 안은 아수라장이다
한 사내는 전기 찜질하듯
드드득 드드득
볼 살이 땅으로 뚝뚝 떨어진다
저쪽 사내는 삭정이같이
머리는 아래로 발은 하늘로
붉은색이 바닥에 질펀하다

뜀박질하는 여자 거친 숨소리 젖무덤 새로
흥건한 육수들이 옹달샘으로 고이고
그 여자는 몇 분쯤 달렸을까
아랫도리 뒤에서 뿌오옹
화들짝 놀라 손바닥으로 입을 막고
붉은 꽃잎 여기 저기 달아놓고
자목련 속으로 들어간다
비틀거리는 눈꺼풀이 올라가고
이내 온몸을 화들짝 떤다

초여름 밤

어설프게 설익은 물풀 내음이 곳곳에 하얀 이 드러낸다

여백을 꽉 채우지 못한 봄풀들은
잔뜩 웅크린 엄마의 어깨 같다

달빛에 스산한 청보리는
바사삭 바사삭 온몸으로 부딪히는데

칩거에 든 이 밤
엄마의 음성에 간절기 호흡기에 쿨럭거리는 소리가 크다

돋아 오른 청보리 순
손끝으로 오종종 모인 청보리 숲을
엄마 치마 숲에 심는다

배추의 일기

나는 작은 풀꽃이다.

비닐하우스 밖에는 구릉지 있는 활주로
의지할 곳 없이
처음 자리하는 길이라

고독이 미로 안으로 지나간 흔적을 대패질하는 거라

순간의 회오리가 몰아오면
누구든 바람 앞에 자유로울 순 없는 거라

내 몸 안에 또 하나의 몸을 나누고
수액과 체온이 길 위에 차오르고
겉잎 속잎의 사랑이 90일 만의 푸른 물결로 이어지는 거라

어느 한때의 바람도 이랬을 거라

밤 열두 시

모임하며 한 잔 두 잔 쭈우욱 쭉
취한다
집에 간다고 해도 친구들이 한 잔 더……
거부할 수 없다
호프집으로 간다
모두 술이 취해 해롱거린다
기억 없는 노래방
술이 죄다
죄 많은 하루 인생이여
저 거시기
문 앞에서 나를 기다리는 비밀번호

밤 열두 시
누가 나를 죽비로 한 대 때렸으면 좋겠다
누군가 이 밤에 깨어 있으면 좋겠다
시 한 줄에 취하지 못하고
술 한 잔에 취한 몸
끔뻑끔뻑 졸고 있던 토리*가 용서할거나

*토리: 우리집 강아지

금 붓꽃

여러 잎을 피워내는 너는
참 곱다

제 몸에서 먼저 솟아난 너는

어느 돌풍에 쓸렸는지

검버섯이 이는구나

너도 나 같구나

세상살이

아파트 뜨락을 거닐다
눈꽃 날리듯 벚꽃 잎이 후르르 얼굴에 앉더라
세어 보니 석 장 그것을 들고 난 행복해하더라

엊그제 새벽엔 허리가 아파 엉금엉금 기어서 화장실에 갔
더니 변기에 앉을 수도 없을 때
이 세상살이가 이렇게 끝인가 싶더라
낫고 보니
인생살이가 기분에 살고 기분에 죽을 수도 있더라

안 보이던 것이
훤하게 보이는 게 생기더라

걷는 이유

머릿속엔 회색 가루
알전구의 회로 같은
감전 상태

걷다 보면 고추냉이 박하사탕쯤 먹은 듯 머릿속에서 코끝
까지 시원하게
수양버들 가지 속까지
흔들어 재낀다
발도 화끈거리며 열을 낸다
파스를 바른 것도 아닌데

우물 속의 물을 없애고
버리고 비워도 차오르듯
시원한 구멍 하나 명치끝 가장자리에 박아두고
이 통로로 딛고 걷고 뛴다

일상의 내력

하루 일상은 이렇게 시작된다

눈뜨면 당신도 아닌 시간부터 찾는다

네게 속살 드러내듯 오늘의 일정이 하얗게 드러나 있다

그 안에 당신도 있다

꽃 속에 꽃이 피어나듯

하루는 꽃과 같고

시 속에 시가 피어나듯

하루는 시와 같다

또 하루는 꽃도 없이, 시도 없이 살아진다

쥐 죽은 듯이

소환되던 그날들

흙살 밖으로 자꾸자꾸 혀를 내미는 풀들
살 속으로는 뼈대를
만들고 바람을 휘어감아
사부작사부작 오르고 있는 것은
푸른 창들에 매달려 달을
만지려는 꿈
너의 신경계는 다른 몸도 자기 몸인 듯
줄기가 줄기를 넘고 잎은 잎을 넘어
더 이상 더듬을 길이 없을 때
살이라도 뜯어서 달음질치고 싶지만
홀로 뿌리내린 살에서 벗어나지 못해
몸짓 발음으로 의태어들이 끓어 방출되고
신경계의 잎들이
더 이상 서로를 더듬을 수
없는 성장을 거부할 때
소환되던 그날들……

아름다운 꿈

새벽별이 스러질 때 즈음
이슬 꽃이 피어 꽃잎을 설레게 한다

별들이 사라질 적 삼각파도를 머금고
하품한 것도 아닐 터

햇살이 터져 이슬과 부둥켜안고 사랑을 쏟아놓고
훌쩍 떠난 자리에 염색된 꽃

햇살이 터질 때
이슬은 옥구슬 되어 그대를 안으므로
생애 단 한 번뿐인 꿈을 이루었다는 것을 알기에

서로가 서로를 알아보는 게
얼마나 어려운지

훌쩍 떠난 자리에 염색된 꽃
작은 우연에도 매양 봄일 수 없듯이

제4부

물 속의 혀

내 세상 속에 물들을
혀 안으로 끌어안고 싶다
바람이 데리고 온 햇살이
혀를 조각조각 떠내고 있다
한 송이 풀도 피울 수 없이
작은 조각보에 먼지보다 무거운 고통이
하늘 계단을 쌓고

다급히 두드리는 바람이 물바다를 밀고
혀의 뿌리에 옷을 입혀주는데
조각으로 잘린 것들이
퍼드덕거리는 진흙 속의 비명을 녹여
허공에 닿자

소리치는 혀들이 후두둑후두둑 떨어진다
혀 속의 풀내음이 비릿하게 젖어나온다

밤에 걷는 새우

등이 굽은 저 달이 내려다보며
잘 보이느냐고
걱정을 하는데
어두운 밤에만 움직여서 먹고 사니 그럴 만하다

등을 구부리고 자는 저 늙은 여자가
아이고 아이고 하며 창 쪽으로 돌아눕는다
창으로 연못이 들어온다
나는 머리와 가슴이 붙어 있어서
큰 더듬이는
저 여자를 볼 수 있고
작은 더듬이로 냄새를 맡는데
저 여자가 밤꽃 향을 연못 속 가득 풍겨 놓고
늙은 여자는
밤하늘의 달처럼 가느다랗게 맑은 침묵이 흐르다

빨간 옷을 입는다

민들레의 씨방

어디서 웅크리고 떨고 있다가
아파트 주차장 시멘트 바닥을 깨고 불쑥 솟아 앉은
네가 이리 반가워 눈물이 울컥 일렁대는 아침
손이라도 잡고 흔들까
목이라도 부둥켜안고 볼을 비빌까
난 너를 발밑에 숨겨온 것이 미안해서
······
발밑의 환함도
볼멘 목소리도
네가 있어
살의 향기가 땅 밑을 훑어대고 있는
민들레
하얀 옷 하늘거리며
저 드높고 드넓은 곳으로
너와 나의 꿈을 후후 불며 옷고름 풀듯
사랑 한 바구니 품고
하얀 씨 방문을 열고
그대 곁으로 날아가리라

긴 여정

앞마당에 농익은 홍시 몇 알
그들의 밥으로 남겨둔 채
지빠귀 한 마리 지저귀며 앞마당에서 놀다간다
굽은 허리
허리춤 움켜잡는 어머니
초췌한 가지에 몇 알의 홍시를 보며
소중한 몇 마디 하시곤 뒤돌아서서
소파에 앉아 긴 호흡 되구나
홍시 하나 드릴까요?
껍질을 벗겨 물컹한 알몸만 잡수시게 하고
맛있어요
응
저 곱고 고운 들국화보다 빛나는 노모의 눈빛엔
사랑한다는 말이 더욱 빛나고 있었다
난 그저 눈시울 붉어져 고개 떨구는 찰나
나는 보았네
소보로 빵 부풀어오른 듯 노모의 발들이 그러했네
살 비늘 검불처럼 바스러져 내리고
수십 년을 갇혀 놓은 날카로운 파편들이
따스한 물 한 바가지에 녹아드는
부끄러운 듯 속눈썹 아래 긴 여정을 감춘다

작은 섬

섬에 가려고 항구에서 배를 기다린다
사람들은 카메라 초점을
어디에 맞추는지는 모르지만
찰칵찰칵 마구 눌러댄다
손가락을 높이 들고 갈매기를 부르는데
손가락 하나 물고 달아나는 갈매기
출항하는 배에 앞다투어 가위질하던 이들이 타고
이리저리 잘라진 바다는
작은 섬이 되고
뱃고동소리 멎으면서 섬은 보이질 않는다
눈이 아질아질 어지러운 것은
안개에 아무도 보이질 않기 때문이다
안개 섬과 사람들이 보이기 시작할 즈음
흰 파도가 뭉쳐지듯 햇살이 눈을 뜨고
내 손가락이 너를 부를 때마다 욱신거린다

카메라 초점에 걸려 있는 작은 섬

손가락이 아파요

저기 저쪽 산에 손가락이 있네
처음엔 뿔이 있는 줄 알았다
알록달록 많은 것을 쥐고 어찌할 바를 모른다
그 아래 돌담집
폭설이 내린 뒤 돌담 밑에 소복이 쌓였던 것이
거무튀튀한 누구의 고독이 가득 굳어 있다
늙은 남자가 돌담 밑을 쓰는데
아슬아슬 쓸려가는 바람이 흘려놓은 이름들

모가지를 거머쥔 손바닥이 거무스레하게
물들어가는 것을 알고
흔들어 털어보지만
떨리는 흐느낌이 손끝으로 흐르고
고독한 폭설에 늙은 남자는
비질을 하다 볼그레한 하늘을 올려다보고는
허리를 쭉 펴고 콧등과 귓불이 빨갛게 하늘을 닮았다
쌀랑쌀랑 쓸려가는 빗질소리에
동백향이 콧등 아래로 흠뻑 젖어드는 봄을
거머쥔 손가락이 절로 저리다

비빔밥

무거웠던 옷 벗어 놓고
보따리 좇아 다 버렸으니
미련 없이 가뿐하게……

비빔밥도 잘 섞는 지혜가 있어야 되는 법
어느 것 하나 부족하면 맛이 안날 수 있네

가끔 술 한잔 할 때가 있네
술잔에도 삶이 있기에 이 사람 술과 저 사람 술이 다르다네
술과 술이 섞여 오묘한 맛이 나듯이
인생 또한 비빔밥이 아니겠는가
묻고 싶네

이리저리 섞이다 보면 사람 사는 맛을 알게 되는 것들이
세상살이가 아닐런가

만나서 놀았습니다

어딘가에서 준비하다
느낌이 오면 생명으로
태어나 인연을 맺겠지
부모를 만나 놀고
형제를 만나 놀고
친구를 만나 놀고
선후배를 만나 놀고

세상에 가장 소중한 사람
당신을 만나 놀았으니
바다 위 돛단배 띄어놓고
짊어진 몽돌 하나씩 바다에 풀어놓고
세상 사람들과 만나고
물고기와 놀며
미역 줄기 흐르듯
이렇게 흘러갑니다

피에 젖은 입술들

물고기가 나를 뜯어 먹어요
발이 잠기고 곰팡이들이 이끼처럼 번지고 있어요

피에 젖은 입술들이
목구멍의 소리가 정을 치듯 먹먹함을 느낍니다

아무리 씻어도
환부는 무겁기만 합니다
어찌 해야 하나요
검은 고독의 발자국이 무덤을 끌고 벽 안으로 들어오네요
가뭇없는 붉은 혀가 땅의 기를 핥고 있네요

가끔은 네가 생각날 때

가끔은 네가 생각날 때가 있다
추적추적 비가 흔들릴 때
낡은 햇살이 네 등 뒤에 숨어버리고
네가 내 앞에 한 잔의 달달한 커피로 다가왔을 때
나는 참 행복했다
달달하고 따끈한 너를 만지며
촉촉함이 입술에 닿을 때

흔들리던 비와 바람은
내 등 뒤에 숨어버리고
너와 나는 그윽한 창밖을 보며
이 따스함으로
가끔은 너를 생각한다

흥정하는 하루

혼자인 듯 하고 아니기도 한
나는
오늘 단체보험 설계를 의례 받으려갔다
웬일인가 그는 손사래 치는 것이었다
낭떠러지 끝에 서 있는 듯했다

선술집 목로에서 전표를 주고 소주 한 병을 그어낸다
거나하게 취해 흥정하듯
오늘 일들을 술잔에 털어 넣고
시원하게 토해 버리겠다는 심산이다

서러움만은 아니라는 것을
너는 잘 알기에
그 흔적들을 탈탈 털어낸다
고단한 하루의 끝은 빛과 먼지로 사라지는 것들
사라지는 것들

살구 향 번지는 그 속에

어머니는 고적하게
창밖을 한없이 바라보고 있을 뿐
구십 하고도 다섯 해 넘어선
그녀는 물컹해진 눈시울 깔아놓은 눈물 자국에 꾹꾹 새겨
있는 고독이 파리하게 떨리고
살구 향 향기가 번져가는
개살구의 시큼함 속에 한 여자의 일생이 걸어나온다
내 기억엔 비탈진 산간에
옥수수 쪄서 머리에 이고 행상하여 돌아올 적
빵, 별사탕, 건빵 사오시던
어머니가 생각난다
이 밤은 풀 여치 귀뚜라미가 쉰 목소리로 그녀를 부르는데
고독은 그녀의 일생을 저 산 아래 매달고
따뜻하고 아늑한 살구향이 물컹 풍기는 그곳에는
딱딱하던 환부가
농익은 개살구처럼 평안해지므로 푹신 폭신한 그 길을 걸
으니
마음이 놓인다고 하는데
그녀의 그윽한 눈빛엔
이제 돌아갈 채비를 하는 것을 나는 보았다

풀밭에서 놀다

풀잎에 물방울 흔적 남겨지는 이른 아침에
우린 국밥 한 그릇 먹고
화성CC에서 운동을 한다
작은 공을 쏘아 올려 허공을 노닐다
풀밭에 짧은 다리로 기어가네
어느 놈은 기어서
길다란 자궁 속으로 쏙 빠지는데 사람들은 환호성을 친다
뼛속까지 스며서 살점하나 하나 터지는 소리가 어지럽다
여인이 기다란 삭정이에 빨간 잎 하나 매달고
신나게 춤을 춘다
난 그들과 호흡하는 새
아랫도리가 축축해지고
괄약근을 조이고 조여
그늘 속으로 기어 들어간다
사람들은 햇살을 눈 아래 깔고 국도를 달려 나온 낯빛이다
붉은 낯빛으로 우린 푸른 풀밭에서 놀고 있다

수상한 걸레

케케묵고 잠자던 것들을
걷어내는 대청소하는
장날이다

옷장
신발장
이불장
그릇장

꺼내놓고 보니 오일장인 듯 골라, 골라 하는
소리 웅성대는 사람들

창틀 안으로 들어앉은 햇살은 맨살이 부끄러운 듯
잘 맞는 옷 하나 걸치고
난 걸레를 들고 골고루 닦다 만다
핑크빛 걸레가 검정으로
돌변하고
걸레의 마술은 빛나는 봄날이다

아슴아슴한 사랑

이 밤을 불러온 것은
야래향의 노래 가락이요
기타 줄에
붉은 지빠귀 한 마리 달빛 속 고적히 내려앉아
바라보고 있는 것이다
풀잎 귓전에 숨어 나온 이슬 바람
너랑 나랑 보리밭 베고 보릿잎 한 무덤 불사르던
그 밤
삭정이 하나 불꽃 피워
아슴아슴한 사랑을
소원 빌던 이 밤
멍석 하나 깔고 누워
'저 별은 나의 별 저 별은 너의 별' 노래하며
달 속 푸른 물 비친 그 속에 얼굴 묻고
우린 이렇게 기억에 기억을 풀어놓고
눈썹만한 사랑을
손에 가득 움켜쥐었던 아슴아슴한 사랑을
풍등 속에 털어 놓으리

형상 기억 합금

너 때문에 살기도 하지만 죽기도 해
네가 한낮에 빛날 때 난 네 개의 발은 검은 피를 흘리고
몸은 페인트가 녹아내려
사금파리 조각조각 튀어나오고 내장은 빵 부풀듯 부풀어
터지고
이젠 내 몸도 알아볼 수가 없어
네가 경고했었지

더 이상 나를 아프게 하지 마
숨을 쉴 수가 없다고 난 숨을 쉬려고 피를 토해낸 거야
지금의 온도는 60도
나 이젠 들어갈 집도 없어
아무도 내(나무) 머리가 누렇게 병들고
심장은 바람 빠진 공 같고
혈관은 말라 걸을 수도 없어
넌 선순환의 사금파리 녹여 건축하면 되지만
난 내 몸을 태워 그들 등에 뿌려지겠지

그대는 어떤가?
바다가 내 몸인데 그들이 버린 플라스틱과 각종 오물들이

처들어와

    내 몸은 그물로 묶여 버렸어

    이젠 자유로운 몸이 아니야

    전엔 큰 바위와 철썩거리며 놀았는데

    이젠 할 수가 없어

    난 집을 버렸어

    붉은 핏빛에 물들고 그 물에 내 몸은 계속 빠지고

    당신 때문에 살기도 하지만 죽기도 해

제5부

어딘가 있을 거야

어딘가 있을 거야

넌 어둠을 좋아하지만 난 빛을 좋아했지
빛에 빛나던 들꽃 한 다발을 주던 그 아이
어딘가에 살고 있을 거야
아마도 들꽃을 내밀던 마음도 베어
나가던 순간
추억도 멋도 되지 못하고 비밀이 되어
저기 어딘가에 접혀 있겠지
난 그때 그 아이를 찾지 못했어

괜찮을 거야
가슴 스러지는 들꽃 한 다발의
그 길
빨강 노랑 파랑 초록의 계단으로 쌓이는 들꽃

있을 거야
거기 어딘가 있을 거야

빛을 그리다

의자 셋이 나란히 그늘진 곳에서

찡그린 아이
웃고 있는 아이
까닥까닥 졸고 있는 아이
햇살이 가늘게 빛을 조이고 조여서 초점을 셋 의자에 맞추고
이내 찍어낸다
햇살과 바람은 냉큼 달려와 색감을 넣기 시작하는 것은
곧 저녁이 여물어가기 때문이다
밤빛에 노란 달은 하얗게 빛을 그리며 의자 셋 나란히 앉은
찡그린 아이
웃는 아이
까닥까닥 조는 아이

사진관 아저씨는 별자리 하나씩 안겨주고는
이내 흰 벽에 그려 넣는다

미열의 화병

꽃을 먹고 사는 화병이 있다
화병 속을 들락거리는 그가 어느 날 보이지 않는다
그녀는 자꾸 허리를 졸라맨다
고통스러운 심장이 잘록해지고
그녀는 미열이 나기 시작했다
미열의 꽃은 바람에도 결이 따끈한 사랑이 이는
그곳으로 건넌다
이슬이 맺힌 이마에 키스를 하는 사랑이
이마를 짚고 사르르 내려앉는다

자물쇠에 잠긴 우울

또렷함보다는 희미함이
눈 아래로 하염없이 흘러

목소리는 자물쇠로 잠갔는지 소리가 없다
지나치는 풍경도 없다
도무지 알 수 없지만
이 몽롱함이란 영역 안에서
장대 같은 우울이 끔벅끔벅 끔벅이는 눈알만 나돌고 있지만
하염없이 덩그런 몸은 눈알의 장신구이고
붙박이이다

어둠의 우울이 그 길을 쉽게 내주지 않는
자물쇠이다

갱년기와 사춘기

열세 살 딸아이가 아무 일도 아닌데
큰일이라도 난 듯 바락바락 대든다
붉은 자두 같은 얼굴로
빨간 언어들을 내뱉는다
사춘기도 아닌 내가 필사적으로 딱딱한 욕설 같은
언어를 내뱉는다
나는 따끈따끈하게 썩어가는 자두와 같이
나와 딸아이는 감기를 앓듯
순간순간 열이 나고 우울함으로
내 편은 일도 없는 것같이
속수무책인 날
입맛도 기분도 없었을 터

사춘기와 갱년기는
한 무더기 썩는 자두의 냄새 같은 것일까?
사춘기와 갱년기는 사촌 간이다

갱년기 폐경기 다 지나
어떤 슬픔도 슬프지 않은 그런 나이가 있을까

능소화

무엇이 급하기에 고깔 벗듯
커다란 입 벌리고 뛰어드는가

담벼락 긁어내던 손가락 마디 끝엔
핏빛으로 얼룩진 입들
홍주 한 잔 털어 넣고 발끝까지 붉어지네

네 입안에 바늘바늘 솟구치는
싸늘한 주검 한 동이

발자국 소리 아련하게 울리는 것은
네 귀가 돌담 밖에 있어 아련한 발자국 소리

그대의 그리움이 달빛에 빛나는 것은
능소화가 흐르고

스러지는 별들이 돌담으로 스며 들며

돌담 밖으로 새어나오는 달빛은
따스한 시간으로 파고 든다

시의 옷을 벗지 않는 밤

늦은 밤
밤비가 내리는 밤
밝아지려고 애쓰는 밤
그리움, 별처럼 흐르는 밤
시가 내 곁에 있고
나도 시 곁에 있는데
속없이 떨리는 이 밤인데
그대도 나처럼 외로운지
너는 옷을 벗으려 애쓰고
나는 옷을 더 입으려 애쓰는 밤
모두가 옷을 벗으려 하는 밤일지라도
난 옷을 더 껴입지 않으면 안 되는 밤
속절없이 떨리는 이 밤
시도
그대도
나처럼
외로운 밤이기 때문인가 싶다

한 키만큼 하얗다

옥구봉 꼭대기 정자에 앉아
아랫동네 집들을 내려다본다
지붕은 작고 둥글다
햇살 가득한 하얀 시간과
같이 남모르게 내 곁에 앉아 주었다

도둑고양이처럼 살그머니 내려 딛는
하얀 고무신
바람의 길
하얀 허공의 입들
피어나는 하얀 입김
허공의 집들은 모두가 하얗다
그리고 둥글다
허공으로 날던 새 한 마리 발목이 잠긴다

허공의 길엔 수많은 표정을 지우고 지나간다

하얀 하늘도 뭉텅뭉텅 흰 수염을 깎듯
얼굴도 없고 몸도 없는 유일한 발자국
바스락거리는 슬푸는 소리가
한키만큼 들린다

그날이었어

찌든 햇살이 그림자를 갈던 그 어느 날
네 시간에 도달하지 못해
계단 어느 언저리에서 머물러 있을 때
한줄기 소나기라도 뿌렸으면 했던 그날이었어

발밑 생채기가 분명해 보이는 네가
계단 언저리에서 울고 있었지
아픔의 반대 쪽에서 그늘을 드리우고는
네 울음에는 울음 없는 메아리가 되곤 했지

허기짐을 끌고 그림자로 다가올 때
눈꽃으로 달래주던 네가 좋았어
겨울 눈을 싫어하는 것도, 좋아하는 것도 아니다
어쩜 애당초 없었던 건지도 모른다

그 계단 끝 그곳, 어디 싸늘하던 걸음이 남쪽 어디 봄의 길
목엔 신들의 집이 있다

표정의 그림자를 훔친다

땀방 땀방 돌 다리를 건너가는 빗방울 소리

빗소리인지
바람 소리인지
발자국 소리인지
분별되지 않는 밤

허공 속엔 몇만 개의 선은 땅 아랫집을 짓고 있다
치적치적거리는 혼돈이 온다

비가 올지 말지
구름이 거칠지 말지
우산을 펴야 될지 말지
가야 될지 말지
선 위 빗방울의 그림자를 바람이 줍고
바람의 그림자는 발자국이 먹는다

자연의 이마 한가운데 흰 화살촉 같은
그가 이윽고, 이윽고 커튼을 쏜다

혼돈, 한 발 디딜 곳 없는 선 위에서
그들의 표정만 주워 사라진다

그런 날의 저녁

오는 줄만 알았던 해가
가는 줄만 알던 노을이
아주 오래 이렇게 살아온 것처럼 살아갈 것처럼
네가 오고
내가 가고

동쪽에서 서쪽으로 지나는 길
얼마나 수많은 길을 거쳐 이 길까지 이르렀을까

어디에서 왔을까

너는 알고 있었던 것처럼
동쪽에서 서쪽으로 가는
바닷속 그 길의 표정은 오랫동안 웃고 있었는지 기억할 순
없지만
멀지도 가깝지도 않지만
이쪽과 저쪽은 같은 곳으로 쓰러져 가지만

네가 오고
내가 가고

그 길 안에 너와 나는 마주보고 있다
그런 날의 저녁 길을……

빈 곳을 따라

옹이가 많던 이곳은
옹이가 없는 저곳에서
집안 쓸쓸함이 묻어 있는 이곳은
빈집일 터
능소화 활짝 피워놓고 기다리는
그곳에서 손잡고 환하게

등 허리 무겁지 않는
얇은 날개 가볍게 가시는 당신

좁은 어깨
늘어뜨린 고개
꿈틀거리며 살아온 그날
텅 빈 알몸으로 시원한 하늘
바다로 유유히 멀어져 간다

빈터
빈들
빈 하늘
빈 것들이 온 천하에 있거늘

내가 가는 그곳이 이리 많던가

잠시 내려앉아 숨 한번 고르고 나니
이제 그 땅으로 돌아가서
이곳에서 지냈던 사연을
꼬깃꼬깃 접어서 구름 속에 감추고
잘 살다가 왔노라고 말하겠네

구름이 뜨거들랑 그곳의 빈터가

이끼

나는 내가 와디 같은 곳을 싫어한다고 말할 줄 몰랐다
와디 말고 습곡
돌부리가 있는 저 멀리 그늘지고
한적한 곳을
좋아하는지 몰랐다

아무도 나를 알지 않기를 바라는 것은 아니었을까

허물 벗은 매미처럼 뽀송뽀송해지면
그제야 제 모습으로 돌아온다
파도가 제 몸을 궁글려 흰 포말을 가슴에 묻고
장난기 어린 장난치는 것은
폭우처럼 쏟아지는 붉은 햇살이 내 몸을 둥글릴 때
최대한 광합성을 마치고 빛나는 나를 만든다
휘발성 강한 생물임에 틀림이 없다
눈 한번 마주치지 않을 포플러 나무 밑이 좋겠다
마주 보지도 않는 뒤로 봐도 없는
누구도 없는
낮잠이라도 불러야 될 것 같다

토리의 일기

나는 퇴근 시간이 일정하지 않다
집 엘리베이터에서 내려설 때
우리 집 안에서는 난리가 났다
어디서 들었는지 누가 고자질했는지 문 앞이 분주하다
비번을 누르고 들어서면
내 눈치를 힐긋 보고 난 뒤
막무가내 안아달라고 바짓가랑이를 잡고 늘어진다
옷을 벗지 못하게 짓궂게 매달린다
토리는 온통 안아 달라는 그 몸짓 하나다
다른 게 뭐가 있겠는가
있다면 육포 같은 간식 하나 주는 게 고작이겠지만
무대에서 공연 마치고 돌아가는 듯
무대 뒤로 홀연히 사라진다
나는 뒷전이 되고 조연도 아니다
그 애는 시원하게 배설물을 쏟아내고
두 다리 쭉 뻗고 입 다문 채 고적히
사색 중인지 졸고 있는지는 모르지만
나도 저 편안함과 단순함으로 세상을 살고 싶다
토리는 오늘도 일기를 쓸까 말까
물어볼 도리가 없다

인터뷰

늦은 밤 시를 만나던, 간혹 신을 만나던 기쁨

○이번 신작 시집에서 대표작 1편 꼽는다면? 그 시와 관련된 특별한 에피소드 있으면 독자들을 위해 한마디 할 수 있는가?

등단한 지 2년이 됐다. 돌아보면 그냥 시를 쓰고 싶어서 끄적이던 시절이 더 많았다. 첫 시집 『물 속의 혀』를 발간하면서 「몫」이라는 시를 꼽고 싶다. 인생이라는 것은 누구나 살고 있는 것이지만, 내가 해야 할 몫은 다르다고 생각한다. 이 시를 쓰면서 삶의 몫은, 생각은, 목표는, 각자가 다 다르다는 생각이 들었다. 또 이 일련의 시를 쓰는 동안 신들과 함께 밤을 새우고 새벽이슬을 밟은 것도 같다. 밤 한두 시에 마치 신들이 현몽하듯 나타나 내 곁에 같이 앉아 시 쓰는 내 손을 잡아주었다. 특히 내 생애 첫 시집을 준비하는 두어 달은 영원한 기억 속에 남을 것이다.

○이 시집은 자신의 일상적 경험에서 비롯된 사유(思惟)와 풍경이 많이 엿보인다. 시와 삶의 경계에서 느끼는 심경은 무

엇인가?

살다 보니 내가 시를 쓰고 어떨 땐 노래를 부르고 있었다. 아마도 나를 기록하고 싶은 마음이 가득 차 있지 않았나 싶다. 그러나 시 앞에서 내 자존심도 내 인생도 아무것도 아니었다. 오직 시만 내 앞에 있었고 나는 시 앞에 있었다. 시 속에 내 삶의 자체가 깡그리 드러난다. 내가 옷을 벗었는지 입었는지, 밥을 먹었는지 안 먹었는지는 중요하지 않다. 나는 오직 시 앞에 있을 것이다. 내가 사랑했던 것이 예전부터 글을 쓰는 일이었는지. 지금 생각해보면 시를 쓰는 것이 기쁨이고 사랑이었다는 것을 새삼 알게 되었다. 나는 비로소 꿈을 꿀 수 있었고, 꿈을 한 바탕 이룰 수 있었다. 꿈만 같다. 내 몸과 마음을 온전히 시에게 다가가게 한 그 인연에 감사할 뿐이다. 내 몸과 마음을 시에게 다 갖다 바칠 인연이 된 것이다. 이제 첫 단계의 꿈은 이루어진 셈이다.

○시를 쓰는 이유는 무엇인가?

새로운 삶의 도전이 되었다. (시를 쓰면서) 이전에는 먹고 살기에 급급하다 보니 삶의 터전에서 돈을 벌기 위한 삶이 전부였다. 지금은 목표가 시인으로 사는 것이다. 예전처럼 돈을 벌고 밥을 먹고 살아야 하겠지만 이제는 시인으로 살면서 돈을 벌고 밥을 먹을 것이다. 어려운 말이지만 매사 인식의 태도가 바뀌었다. 그리고 나처럼 글을 쓰고 싶어서 하는 이들에게 도전의 기회를 주고 싶다. 시인이 되고 또 계속 시를 쓸 수 있다는 것이 너무 행복하다.

시는 끝이 없다는 것

○시를 쓸 때 주로 고민하는 부분은 무엇인가?

제목 붙이는 것이 가장 힘들다. 그러나 역시 이번 시집을 준비하면서 많이 배웠다. 시의 제목도 그저 시의 한 줄이라는 것을 느꼈다. 시의 제목이 굳이 너무 무겁지 않고 너무 가볍지 않다는 것도 알았다. 그리고 시의 마지막 행도 항상 어렵다. 시의 마지막 행도 결국 시의 한 줄이지 그것이 시를 다 감싸지 않아도 된다는 것을 배웠다. 조심스럽지만 시의 끝이 없다는 것도 조금씩 알았다.

○이번 '처녀시집'을 출간하면 가장 기뻐할 사람은 누구인가?

첫 시집이다 보니 물론 내가 가장 기뻐하겠지만 나를 응원해주신 분들이 많다. 먼저 (주)재경 이재헌 회장님이 시집 출간을 적극 권유하셨다. 덕분에 이 첫 시집을 좀 더 빠르게 서두를 수 있었다. 이 자리를 빌려 다시 한 번 감사드린다. 또한, 추정우 대표님, 이정선 문학의 숲 회장님 모두 응원해주신 분들이다.

내 시는 내 삶의 기록의 정점

○자신의 문학적 혹은 창작적 배경은 무엇인가? 가령, 어떤 시대적 배경, 인식론적 사고, 언어에 대한 사유, 자신의 삶에 대한 기록 등등.

자신의 삶에 대한 기록이라고 생각한다. 지금껏 살면서 나를 어떻게 기록을 해야 하나 고민이 됐지만 내 삶을 증언하고 내 삶을 형상화하기 위해 시를 쓰기 시작했다. 그리고 늙어가면서 인간답게 늙기 위해 나는 시를 선택했을 것이다. 때때로 시가 나를 선택한 것도 같다. 물론 행복한 착각이다. 나는 나를 이렇게 기록하고 싶었다. 시는 기쁨도 슬픔도 아픔도 외로움도, 흰 도화지에 검은 점 하나 찍을 수 있는 정점과 같은 것이다.

○시인으로서 최근에 여행한 곳은 어디인가?

최명희 문학관을 여행하며 작가의 녹록치 않았던 삶이 다가왔다. 문학관 안에 전시된 친필 원고와 지인들에게 보낸 편지, 강연했던 자료와 동영상은 작가의 기록물이 아니라 오롯이 작가의 삶이었다. 작가는 꽃을 좋아했다. 『혼불』은 작가의 불타는 혼과 삶의 불꽃일 것이다. 최명희 문학관을 다녀오면서 문학의 길을 다시 한 번 생각하였다.

○어느 문학단체에 가입되어 있는지?

전주 〈문학의 숲〉에서 활동하고 있다. 그리고 시흥을 중심으로 시에 관심 있는 분들과 함께 가칭 〈배곧 문학회〉를 창립하려고 준비하고 있다. 부족한 점이 많지만 지역사회에서 좀 더 문학을 통해 문화의 도시를 꿈꾸고 싶다. 꿈같지만 '시흥 르네상스'를 도모하고 싶다. 한 발짝 한 발짝 앞으로 나아가다 보면 우리 지역사회만의 특화된 시인 중심 시 낭송회라든가, 좀 더 전문적인 시 창작반도 운영하려고 한다. 어려운 일이 많겠지만 이 첫 시집을 통해 이런 기회를 갖게 된 것도 스스로 자부하고 싶다.

○최근에 술이나 커피를 같이 마신 문우나 친구가 있는가?
문우나 친구들도 많다. 만나서 문학 얘기만 하는 것은 아니고 밥도 먹고 술도 마신다. 요즘엔 특히 〈배곧 문학회〉를 어떻게 할 것인지에 대해 논의한다. 특히 옥보명 문우와 금요일에 만나 주로 밥과 커피를 마시면서 문학 얘기를 많이 한다. 형제 같을 때가 있다. 〈배곧 문학회〉가 창립되면 내가 많이 의지하고 의논해야 할 친구이다. 고백하건대 감성뿐만 아니라 감수성도 잘 통할 때가 많다. 건필을 빈다.

시의 옷을 벗지 않을 것이다

○운동하는지?
골프를 주로 한다. 간간이 등산도 하고 산책도 한다. 앞에서도 말했지만 예전엔 운동만 했다. 그러나 이 시집을 준비하면서 달라졌다. 아무리 운동을 하고 등산을 하고 산

책을 해도 늦은 밤 시 앞에 앉아 있어야 한다. 그리고 운동하면서 등산하면서 산책하면서 시를 생각하는 버릇이 생겼다. 어떻게 보면 틈틈이 시와 함께 산책하고 시와 함께 등산하고 시와 함께 운동하는 것도 같다. 시가 내 곁에 있고, 내가 시 곁에 있는 것 같다. 그리고 이제 시를 놓치고 싶지 않다. 나는 시의 옷을 입고 춤을 출 것이다. 나는 시의 옷을 입고 운동도 하고 산책도 하고 등산도 할 것이다. 가령, 옷을 다 벗어도 시의 옷을 벗지는 않을 것이다.

○시의 독자는 소멸하여 가고 있다. 그에 대한 시인의 생각을 밝힌다면?

요즘 시집을 사는 독자들도 줄었고 시집을 읽는 독자들도 줄었다. 그렇기 때문에 많은 이들에게 시를 읽고 시를 쓸 수 있는 기반을 만들어주어야 한다고 생각한다. 난 〈배곧 문학회〉 동아리를 만들어 운영하려고 한다. 비단 지역 사회에서 작은 모임으로 시작하겠지만 우리 지역사회에서 작은 바람이 불었으면 한다. 적어도 한 달에 한 번 회원 중심 시 낭독회가 열리고, 격월로 일반 시민 중심 시 낭독회 그리고 분기별로 중견작가 한 분을 정기적으로 초빙하여 문학 창작지도 특별반도 준비하려고 한다. 연말엔 문학회 회원과 시민이 함께 하는 공동 시 낭독회도 하고 문학회 연간 동인지도 발간하려고 한다. 꿈이 너무 많은 것 같아 오히려 걱정이다. 이 모든 것은 나의 첫 시집이 준 동력일 것이다. 첫 시집 발간을 위해 도움을 주신 분들에게 거듭 감사할 뿐이다. 그들을 잊을 수가 없다. 그리고 이와 같은 행사는 물론이고 문학에 대한 열망과 열정을 놓치지 않을 것이다. 문학은 무엇보다 나와의 싸움이란 것도 많이 느꼈다.

○시인으로서의 일상을 소개한다면?

보험 대리점을 운영하고 있다. 출근하고 고객도 만나고 골프 연습도 하고 책도 읽고 친구도 만나고 커피도 한 잔 하곤 한다. 그러나 예전과 달리 더 적극적으로 신간 시집을 구해서 읽고 시 앞에 앉아 있는 시간도 많다. 내가 비로소 문학소녀가 된 것 같다. 물론 돌아갈 수 없지만 다시 젊은 날로 돌아간 것만 같다. 아주 착한 문학소녀가 노트북 앞에 때로는 창백한 A4 앞에 앉아 있다. 나는 그 소녀와 함께 다시 늙어갈 것이다. 이 첫 시집은 그야말로 나의 처녀 시집일 것이다. 나도 다른 시인들처럼 순결한 처녀시집을 갖게 되었다.

○시를 쓰기 위한 본인만의 문학적인 태도는?

앞에서도 말했지만 무엇이든 자신과의 전쟁이라고 해야 할까? 내가 하고 싶은 것을 성실하게 해나가다가 보면 언젠가는 이룰 수 있다고 생각하기에 나는 결코 포기하지 않았다. 시도 마찬가지다. 시간과 노력 없이는 안 된다. 시간과 노력으로 시와 한판 붙어보려 하였다. 그리고 비록 많이 부족했다고 해도 내가 쏟은 시간과 노력이 시가 될 것이다. 매우 사적인 말이겠지만 나의 신은 나의 시와 함께 할 것이다. 나는 또 나의 시와 함께 할 것이다. 시 앞에서 경건할 수밖에 없고, 또 겸손할 수밖에 없다.

○자신이 좋아하는 음식은 어떤 것이 있는지?

삼겹살과 김치찌개, 된장찌개를 좋아한다. 결론은 토속적인 음식을 좋아한다. 가끔 직접 요리하는 것도 즐겁다. 가까운 사람들과 같이 음식을 나누어 먹을 때도 행복하다. 가까운 지인들에게 베풀 때가 즐겁다. 작은 음식이라도 내가 가진 것을 나누어주고 싶다. 내가 가진 것을 나눌 수 있다는 것도 행복이다. 시도 마찬가지다. 바쁘겠지만 지역사회를 위한 '한 끼 식사' 같은 것도 구상하고 있다. 뜻이 맞는 이들과 함께 어려운 이웃을 위해 한 달에 한 번이라도 음식으로 봉사하고 싶다.

○시를 쓸 때 상상력에 의지하는가? 현실적 경험에 의지하는가?

현실적인 경험을 토대로 글을 쓰지만, 상상력이 들어가야 하면 그 또한 이용한다. 시는 상상력의 영역이겠지만 현실적 경험이 바탕이 될 것이다. 어떨 땐, 시는 결코 현실도 아니고 상상력도 아니다. 시는 굳이 어떤 대상을 찾지도 않는다. 그럴 때가 있다. 암튼 현실적 경험이든 상상력이든 시가 이끄는 대로 끌려갈 때가 있다. 시의 길은 그런 것 같다. 그것이 비단 경험이든 상상력이든 말이다. 시가 또 예

114

민할 때가 있다. 시는 무엇보다 예민한 장르다. 이 첫 시집도 예민함의 결정체일 것이다. 시는 시 앞에서 예민해지길 바라는 것 같다. 내가 시 앞에서 여러 차례 경험했던 또 상상했던 것이다. 어쩌면 내 시는 나의 경험과 내 몸에 의해 이루어진 것이다. 그런 점에서 나는 또 내 삶의 고백적인 시인이 되었고 앞으로 또 그렇게 될 것이다.

시도 써야 하고 일도 해야 하고…

○시집 출간되면 가령, 출판기념회 같은 것 준비하고 있는가?
조촐한 출판기념회를 준비하고 있다. 나름 여러 가지 행사를 미리미리 기획하고 있다. 이런 아이디어도 다 첫 시집이 준 기회라고 생각한다. 물론 가까운 분들과 함께 하는 한 끼 식사 정도겠지만 지역사회에서 하나의 모델이 되었으면 한다. 가령 앞으로 〈배곧 문학회〉 회원들이 작품집을 출간하면 함께 모여서 축하하고, 작품에 대해 서로 의견도 나누는 문화를 만들려고 한다. 작은 것부터 시작하여 큰 것을 이루려고 한다. 문화는 아주 작은 것으로부터 시작한다고 생각한다. 특히 시는 그럴 것이다. 비록 작은 것도 주는 것이 없을지라도 시는 모든 것을 바쳐야 한다. 그래도 결국 시는 시 하나뿐이다. 시 하나를 위해 모든 것을 바쳐야 한다는 것도 배웠다. 시는 앞으로 더 많은 것을 요구할 수도 있다. 그런 생각이 든다. 겁이 나지만 이미 나는 과거가 없다. 나는 현재를 살 것이다. 나의 시는 과거 아니라 현

재일 것이다. 책임질 수 없는 말을 마구 꺼내놓은 것 같다. 부끄럽다. 한국문학도 잘 모르면서, 한국 시도 잘 모르면서, 별보다 더 빛나는 선배 시인들도 잘 모르면서 마구 지껄인 것 같아 부끄럽다. 그리고 또 미안하다. 내 삶이 이중적이라는 것도 부끄럽다. 시도 써야 하고 또 일도 해야 한다. 아마도 출판기념회는 그런 자리가 될 것이다.

깊은 밤 시 앞에 앉아 있던 당신에게

○자신의 시의 독자는 누구라고 생각하는가? 또 누가 자신의 시를 읽었으면 좋겠다고 생각하는가?

나처럼 뒤늦게 시를 다시, 시작한 독자들이 읽었으면 좋겠다. 아무리 늦게 시작해도 결코 시작이 늦었다는 것은 없다. 늦은 시작은 없다. 무슨 일이든 시작하면 그 시작이 시작인 셈이다. 그 시작은 늦은 것도 아니고 빠른 것도 아니다. 솔직히 개인적으론 첫 시집이 너무 늦어 부끄럽기도 하다. 그러나 이 첫 시집은 나의 첫 시작이다. 그 첫 시작은 결코 늦은 시작이 아니다. 시작이 늦었다는 것은 부끄러운 것이 아니다. 왜냐하면 그 시작이 곧 시작이기 때문이다. 특히 이 시집을 읽고 시를 써보겠다는 생각을 하고 도전할 수 있는 계기와 용기를 줄 수 있는 시집이 되었으면 한다. 나를 아시는 분들은 물론 사보시겠다면 좋겠고 나를 모르는 독자분들이 많이 사보셨으면 하는 마음이다. 내 시의 독자들에게 감사할 뿐이다. 그러나 나는 또 나의 시집과 함께 이 밤을 새울 것이다. 내 시의 독자는 깊은 밤 홀로 시 앞에 앉아 있던 내 자신일 것이다.

그 시간은 결국 내 안의 당신의 시간이다

○시를 쓰는 시간, 장소, 필기구 등을 말할 수 있는가?

노트를 많이 사용하지만, 휴대전화 메모 창으로 옮겨 짬 짬이 퇴고한다. 그 다음 컴퓨터에 저장한다. 시간은 주로 새벽에 쓴다. 그때만 되면 무엇인지는 모르겠지만 그냥 시 가 마구 마구 쏟아진다. 꼭 미친 듯이 말이다. 그래서 한 두 시에 쓰는 버릇이 생겼다. 나는 그 시간을 시의 시간이 라고 부른다. 나는 그 시간을 신의 시간이라고 부른다. 나 는 그 시간을 사랑의 시간이라고 부른다. 나는 그 시간을 당신의 시간이라고 부른다. 나는 당신의 시간에 푹 빠져든 시인이다. 그 시간은 결국 내 안의 당신의 시간이다. 내 안 의 당신이 앉으라면 앉고, 일어서라고 하면 일어선다. 잠시 펜을 놓고 침묵하라고 하면 나는 침묵한다. 시 앞에 무릎 이라도 꿇으라고 하면 나는 또 몸을 낮춰서 무릎을 꿇는 다. 나도 미쳤고 당신도 미쳤다.

○시인을 비유한다면 무엇이라고 할 수 있는가?

이번에 첫 시집을 준비하면서 가끔 생각한 것은 시인은 첫 사랑과 같은 것이다. 두 번째도 아니고 세 번째도 아니 고 오직 첫! 그 첫 사랑과 같은 것이다. 첫 사랑과 함께 산

117

다는 것은 어려운 일이지만 적어도 나는 '지금 여기서'같이 살고 있다. 그는 내가 무엇을 생각하는지, 그는 내가 시를 쓰면 언제나 아주 빠르게 읽고 논평도 해준다. 그도 급하지만 나도 급하다. 첫 사랑은 다 급한 것 같다. 그러나 첫 사랑은 길고 또 먼 곳에 있다. 첫 사랑을 만나려면 아무리 빠른 길로 달려가도 두어 시간은 족히 걸린다. 나의 첫 사랑은 나의 친정집보다 더 먼 곳에 있다. 그를 만나지 못하면 밤의 해변에서 혼자 있는 것만 같다. 시는 그런 것 같다. 만나지도 못하고 이루지도 못하는 것 같다. 시인은 결국 만나지도 못하고 이루지도 못하는, 첫 사랑과 같은 것이다. 이루어지지 못하는 첫 사랑과 같은 것이다.

○첫 시집은 무엇보다 시인으로서 대외적인 문학 활동이라고 할 수 있다. 그 소회를 말한다면?

첫 시집이 출간되면서 〈배곧 문학회〉 동아리를 만들어 많은 이들이 시에 관심을 가졌으면 하는 바람이다. 앞에 누차 말했지만 〈배곧 문학〉 동인지도 발간하고 시화전도 할 생각이다. 시화전을 한다면 지역사회 예술인들의 협조가 필요할 것이다. 역시 쉽지 않은 일이겠지만 작은 액자에 넣은 작품 몇 편을 전시하는 일이 있더라도 시화전을 열고 싶다. 시가 보여주는 것이라면 시화전도 그런 성향의 일환이 아니겠는가. 그리고 무엇보다 가볍게 아주 가볍게 할 것이다.

상처 받고, 상처 많은 영혼으로 사는 게 인생이다

○앞으로의 창작 계획이 있다면?

마음 같아선 해마다 시집 한 권씩 출간하려고 한다. ㅎ
ㅎ 암튼 적어도 3년에 한 권씩 출간하려고 한다. 심한 산후
통도 걱정되지만 시는 산후통을 겪으며 또 산후통을 겪는
과정이라고 생각한다. 산후통이 없는 출산이 어디 있겠는
가. 아주 먼 곳에 있는 프랑스 시인 랭보를 불러오지 않아
도 '상처 없는 영혼이 어디 있으랴'. 그렇지 않은가. 바람 불
고 비도 오고 구름도 많은 인생이다. 상처 받고, 상처 많은
영혼으로 사는 게 인생이다. 산후통에 시달리면서 또 산후
통을 겪는 게 인생이다. 내가 어떻게 정말 여기까지 왔는지
오늘밤엔 내가 나를 꼬옥 안아주고 싶다. 그리고 이 많은
시 앞에 또 어떻게 왔는지 몰라도 시 앞에서 울지도 말고
웃지도 말자. 시는 이미 나의 눈물도 나의 웃음도 기억하고
있을 것이다. 그러나 시는 결코 돌아보지 않을 것이다. 나
도 결코 돌아보지 않을 것이다.